La cuestión humana

La cuestión humana

FRANÇOIS EMMANUEL

Traducción:
Anne-Hélène Suárez Girard

Primera edición en español: septiembre de 2002

Viriato, 20 - 28010 Madrid
T +34 914 45 71 65
F +34 914 47 05 73
www.editoriallosada.com
Sede social: Calleja de los Huevos, 1, 2° izda. - 33009 Oviedo

Título original: *La question humaine*

Depósito legal: M-32435-2002

ISBN 84-932712-3-3

"En una época oscura,
el ojo empieza a ver."

THEODORE ROETHKE

Fui durante siete años empleado de una multinacional a la que me referiré con el nombre de SC Farb. Esa empresa de origen alemán tenía una importante filial en una ciudad minera del nordeste de Francia. Allí trabajaba yo como psicólogo en el departamento llamado de recursos humanos. Mi labor era de dos clases: selección del personal y organización de seminarios destinados a los ejecutivos de la compañía. No creo útil extenderme acerca de la naturaleza de tales seminarios, estaban inspirados por la nueva cultura de empresa que coloca la motivación de los empleados en el centro del dispositivo de producción. Los métodos recurrían indistintamente al juego de rol, a las experiencias de la dinámica de grupo, incluso a antiguas técnicas orientales en que se trataba de llevar a los hombres a superar sus límites personales. En ellas había abundantes metáforas guerreras, vivíamos por definición en un entorno hostil, y mi cometido era despertar en los participantes la agresividad natural que pudiera volverlos más entregados, por tanto más eficaces y, a la postre, más productivos. Vi en esos seminarios a hombres maduros llorar como niños, hice que levantaran la cabeza y volvieran al trabajo, con ese destello en los ojos de falsa victoria que se asemeja, ahora lo sé, al peor desamparo. Asistí sin pestañear a confesiones brutales, a accesos de violencia enloquecida... Formaba parte de mi papel canalizarlos hacia el único objetivo que me había sido asignado: convertir a esos ejecutivos en soldados, en paladines de la empresa, en subalternos competitivos, para que esa filial de la SC Farb volviera a ser la floreciente compañía que había sido antaño.

Hay que decir que la sociedad se recuperaba apenas de un período extremadamente difícil. Cuatro años antes, se había puesto en práctica un plan de reestructuración, lo cual provocó el cierre de una cadena de producción y redujo el personal de dos mil quinientas a mil seiscientas unidades. De un modo indirecto, yo me había visto implicado en esa operación, ya que la dirección me había encargado afinar ciertos criterios de evaluación que no fueran los de la edad o la antigüedad. Pero de esta participación aún no puedo hablar, en el relato hay un orden que no sigue tanto la cronología de los hechos como la lenta y terrible progresión de mi toma de conciencia. El artífice de la reestructuración, el director de la filial francesa, se llamaba Mathias Jüst. Mis contactos con él habían sido de los llamados orgánicos (reuniones de trabajo, intercambios de informes), pero no lo conocía más que a través de la imagen distante que cultivaba respecto a todo su personal: la de un gestor reservado, un carácter tenso, receloso, un ser de dogma y de deber, un verdugo del trabajo. Sus decisiones eran irrevocables, aunque fueran precedidas de una concertación de fachada. Después de la reestructuración, la casa madre alemana había enviado a su lado a un tal Karl Rose cuyas funciones resultaban bastante vagas: director adjunto, encargado más específicamente de las cuestiones de personal. Corrían rumores acerca de la relación entre ambos hombres, pese a que se decían amigos y nunca dejaban de mostrarse como colaboradores solidarios, sin la menor sombra de disensión. Hay que precisar que Karl Rose parecía, en ciertos aspectos, el contrario exacto de Mathias Jüst. Era un cuarentón atractivo, fácilmente demagogo, que tuteaba a sus secretarias y gustaba de codearse con los empleados, cuyos nombres de pila solía conocer. Esa tranquilizadora apariencia encubría un ser de gran habilidad relacional, un jugador astuto, amablemente cínico, y que parecía avanzar una a una sus piezas en una partida de la que se nos ocultaba lo esencial.

Cuando Karl Rose en persona me llamó a su despacho un día de noviembre de 19..., presentí que la conversación no sería puramente formal. Ese día había nevado en abundancia, muy temprano para la época. Debido a los múltiples retrasos provocados por la nieve, yo había tenido que aplazar las citas de la mañana. Rose me recibió con halagos, diciendo que apreciaba mi dinamismo y felicitándome por haber introducido en mis seminarios el "nuevo concepto relacional de empresa", que empezaba a producir sus efectos. Dicho esto, pidió a las secretarias que no lo interrumpieran bajo ningún pretexto y me exigió confidencialidad acerca de lo que iba a decirme. Con ademán repentinamente severo, se declaró encargado por la casa madre de informarme de un problema preocupante. El asunto era grave, ya que se trataba del mismísimo Mathias Jüst. (Pronunciaba el apellido a la alemana: Iust.) Antes de seguir, quiso conocer la índole de mis relaciones con el director general. Le contesté que eran estrictamente profesionales, que no lo conocía en privado, que nos habíamos visto más bien poco, en reuniones de trabajo. Fuera de éstas, nos saludábamos con cortesía, pero sin intercambiar más que trivialidades. Esta respuesta no estaba lejos de la verdad. He hablado de confidencialidad, prosiguió Rose; como psicólogo, no puede ignorar la carga de esta palabra, que quede claro: quiero compartir *nuestra* preocupación sólo con usted. Tras lo cual me informó de una serie de sospechas sobre lo que no quedaba más remedio que llamar la salud mental de Jüst. Las sospechas eran vagas, o quizá prefirió dejarlas en ese estado de imprecisión para no comprometerse demasiado en un primer tiempo. Procedían de una de las dos secretarias personales del director y se habían visto confirmadas por lo que llamaba detalles inquietantes. Conozco a Jüst desde hace casi diez años, me confió Rose, coincidía con él en la casa madre con ocasión de nuestras reuniones mensuales, aquí lo veo día a día, y observo desde hace unos meses que ya no es el mismo. Es algo intuitivo, un conjunto de pequeños detalles, pero para quien lo conoce, la diferencia es notable. Digo "la diferencia" y me temo que quiero decir "la enfermedad", pero no me atrevo a llegar a eso. Usted es quien tiene que aclararme este punto, está especializado en el tema. Comprenda, insistió Rose, comprenda que este asunto es de extrema gravedad, Jüst es una de las piedras angulares de nuestro dispositivo en Francia y de la recuperación de nuestra empresa. En Alemania quieren saber qué le pasa, quieren un informe detallado. Si el informe es positivo, quedaremos tranquilos, yo el primero, porque tengo una amistad profunda, incluso una deuda, con el director general. Karl Rose marcó aquí un silencio. Para este encargo *especial*, prosiguió, puede usted organizar su tiempo como prefiera, aunque para ello sea necesario atrasar lo que puede esperar. Sin duda tendrá que entablar con Jüst un contacto personal, bajo cualquier pretexto, para que usted pueda hacerse una idea más precisa del problema. El señor Jüst va todos los sábados por la tarde al golf al que está abonada la compañía, podría quizá aprovechar esa ocasión para intentar un acercamiento.

Cuando pregunté a Rose si creía oportuno que me entrevistara con la secretaria que le había hablado, el director adjunto tuvo un instante de vacilación antes de asentir, asegurándome que la avisaría, pero rogándome que llevara mi investigación con toda delicadeza ya que la mujer seguía muy apegada a su jefe. Solicité un día de reflexión antes de dar una respuesta. Rose aceptó sin reparos. Al salir, tuve la sensación de haber sido muy sutilmente manipulado. Hay que decir que esta sensación me asaltaba después de todas nuestras entrevistas, ya que el hombre no dejaba nunca traslucir el fondo de su pensamiento. Sin duda, me dije, había una lucha de poder entre ambos directores. En tal caso, si eran de fuerza casi equivalente, yo sólo podía salir perdiendo. Pero Rose me había dicho demasiado, y rechazar la misión me convertiría con toda probabilidad en un estorbo a sus ojos. Finalmente acepté sin ganas, comprometiéndome a llevar a cabo una investigación discreta y presentar un informe lo más neutro posible. Si no hubiera sentido una poderosa curiosidad por lo que se estaba tramando en la sombra, si no hubiera tenido incluso la sensación ilusoria de poder dominar el juego a pesar de todo, habría buscado un pretexto para rechazar la propuesta.

La mayor de las secretarias de Mathias Jüst tuvo un instante de azoramiento al verme abrir la puerta de su despacho. Aceptó sin hacer preguntas la cita que le propuse en una de las tabernas chic de la ciudad, en pleno centro comercial. Era una soltera de unos cincuenta años, elegante pero enclenque, siempre vestida con estricto traje de chaqueta. Se llamaba Lynn Sanderson y había conservado de su infancia un acento untuoso, ligeramente cantarín. Pasó la mayor parte de nuestra conversación negando que hubiera el menor problema en su patrón y lamentando haberse sincerado ante el señor Rose acerca de una inquietud que resultó infundada. El señor Jüst, me repetía como si ésa hubiera sido mi pregunta, el señor Jüst es de una gran rectitud, de un profundo rigor y un enorme respeto hacia los demás. Lo máximo que admitió fue que el hombre atravesaba a veces momentos difíciles, como cualquiera de nosotros sin duda, debido a preocupaciones que calificó de personales. Al pronunciar estas palabras apenas pudo disimular su emoción. Cuando le aseguré que mi papel consistía ante todo en ayudar a cualquiera que tuviera dificultades y que mi ética profesional garantizaba la confidencialidad de nuestra conversación, pareció a punto de bajar la guardia. Hoy veo toda la hipocresía de esta profesión de fe ética y hasta qué punto el uso de la palabra confidencialidad remitía al pacto con Karl Rose. Lynn Sanderson cayó parcialmente en la trampa. Se dejó llevar, con voz quebrada, hacia una de las preocupaciones personales de su jefe, que había tenido un solo hijo, nacido muerto, y desde entonces pasaba por períodos de profunda tristeza. Nadie está a salvo de la desgracia, observó la secretaria con la mirada perdida. Creí captar en ese instante que un vínculo particular la unía a su director. Quizá habían sido amantes, quizá se guardaban ambos de un amor que nunca declararían, o ella lo amaba en secreto, con ese apego tenaz de que son capaces ciertas mujeres; pero entonces ¿por qué había ido a ver a Rose arriesgándose a traicionar ese vínculo? No tuve respuesta ese día. Me pareció oportuno no insistir, desbaratar la desconfianza de la secretaria hablando de lo que teníamos en común, y de este modo tomar cita para una entrevista posterior. Teníamos en común el amor por la música, ella era violinista en sus horas libres, melómana entendida, sensible a Bach, Fauré, Franck y Schumann. El señor Jüst también era violinista aficionado. Ese hombre, a pesar de ser tan severo consigo mismo, mostraba una gran sensibilidad en cuestión de música. Pero ahora ya no toca, creyó adecuado añadir.

Un sobre confidencial, enviado a mi dirección privada, describía la carrera de Mathias Jüst en la SC Farb. La letra nerviosa de Rose (*"Por si puede ser de utilidad"*) coronaba el documento sellado en alemán: **Dirección general (Hauptdirektion), no divulgar bajo ningún pretexto.** Supe así que Jüst había entrado en la compañía a la edad de veinticinco años. Primero, como ingeniero; más tarde, después de unas prácticas en la casa madre, había ido ascendiendo lentamente en el escalafón para acabar convirtiéndose en director adjunto de producción y finalmente director general, siempre en la filial francesa. La gestión de la reestructuración se mencionaba en pocas líneas. En ellas se aludía a su dureza en las negociaciones y a dos apariciones en los medios de comunicación consideradas "precisas y convincentes". Un hecho particular me llamó la atención: cuando aún no era director general, Jüst dirigió durante años un cuarteto de cuerda con otros tres músicos de la compañía. El Cuarteto Farb (así se llamaba) había tocado "con éxito" en las fiestas anuales de la empresa. Su última actuación se remontaba a ocho años atrás. Al currículum profesional del director general habían adjuntado dos extrañas hojas que reunían varias notas rectangulares dispuestas una encima de otra y fotocopiadas. Reproduzco aquí algunos de estos fragmentos fechados, que se escalonaban a lo largo de los dos últimos años y demostraban una evidente práctica de delación en la empresa:

12-IV, 17-IV, 21-V: retraso no justificado.
3-VI: Indisposición en el comité de dirección, incapaz de leer sus apuntes, pretexta una migraña oftálmica.
4-VII: Se encierra en su despacho toda la mañana, no contesta al teléfono. Ruidos de agua (?).
2-IX: Modificación de la firma. Se limita a repetir la rúbrica. Ver muestra.

23-XI: Queja a la compañía de limpieza por supuesto robo de documentos. Una investigación interna concluye con ausencia de pruebas. Retira su queja.
6-II: Llegada al aparcamiento una hora antes de la apertura de las oficinas, inmóvil en el coche durante todo ese tiempo.
14-II: El permiso de caza parece pasado por la trituradora de documentos.
5-VI: Estado de ebriedad (probable, no confirmado), once de la mañana.
9-VIII: Ha perdido sus guantes de piel. Gran agitación. Comportamiento raro.
2-XI: Sustitución de sus dos teléfonos personales. Sospecha dispositivo de escucha.
12-XII: Inicia gestiones para modificar su apellido (cambio de Jüst por Schlegel, el apellido materno). Solicitud finalmente considerada inaceptable.

Una hoja de libreta cuadriculada estaba grapada a la última página. Ofrecía un ejemplo de su letra. Sin duda se trataba de un mensaje pasado a Rose en plena reunión. El texto, apenas legible (*"Karl, no menciones a B. en tus argumentos, están al co-*

rriente"), estaba atravesado por rayas oblicuas trazadas a lápiz, letras *a* y *m* rodeadas con un círculo, ciertos vacíos en medio de las palabras estaban subrayados.

Mi visita al golf, el sábado siguiente, resultó improductiva. Me enteré de que llevaba meses sin ir allí, que anteriormente había sido muy asiduo y recorría en solitario, a veces bajo la lluvia, el mismo trayecto de nueve agujeros. Decidí intentar otro ángulo de aproximación. Gracias a una amiga, empleada en el servicio de personal, obtuve informaciones sobre el Cuarteto Farb. Descubrí que Lynn Sanderson había formado parte del mismo, así como un representante, expulsado posteriormente por la compañía, y un doctor en química, violoncelista, llamado Jacques Paolini. Éste me recibió en el universo helado de sus pantallas, cromatógrafos y otros aparatos de precisión. Era un personaje orondo, de aparente bondad y fina ironía pese al tono cansino de su voz. La música es una hija caprichosa, me dijo. Los cuartetos de cuerda son todavía más imprevisibles. Tome cuatro cartas: un rey, una reina, una sota y un seis. O bien: un rey de picas, un diez de trébol, un seis de rombos y un tres de corazones. Es una combinación que no puede funcionar, más vale abatir las cartas y pasar de turno. ¿Quién era el rey?, le pregunté. Sonrió: no tendrá ninguna dificultad en adivinar las cuatro cartas: un director o casi, una secretaria, un delegado comercial y un químico. A la música no le gusta esta jerarquía. Habrían sido preferibles cuatro sotas, o incluso cuatro dieces, eso sí que es un buen póker. ¿Hubo desavenencia?, aventuré. No tanto desavenencia, contestó, como desarmonía. No estábamos bien concertados. El cuarteto de Franck fue una masacre, el decimocuarto de Schubert apenas fue mejor. ¿Y cómo tocaba Jüst? Precisó: con una tensión y una exigencia maniáticas, con esa afición al dominio que ahuyenta a la música. Hay en todo perfeccionismo un espantoso horror al vacío. Paolini me observaba por encima de sus gafas. Esa experiencia ha producido en usted cierta amargura, le dije. Esquivó a su manera: la amargura es una manera de ser, quizá lo aprendí de mi instrumento. Los acordeonistas reconfortan la melancolía popular, los violinistas tratan de alcanzar lo sublime. Lo iluminó una fina sonrisa. ¿Y usted, qué sabe de música, señor psicólogo industrial?

Mi primer contacto con Mathias Jüst tuvo lugar por teléfono al día siguiente. Insistió en conocer la razón exacta de la cita que le solicitaba. Cuando mencioné el Cuarteto Farb, marcó un silencio tan largo que por un instante creí que la comunicación se había cortado. Concertamos la entrevista para esa misma tarde, a las seis y media en punto, después de que se fueran las secretarias y del cierre oficial de las oficinas. Este primer encuentro se parece en mi recuerdo a una película sobrexpuesta, algo espantoso. Los neones del techo difundían una luz muy cruda, Jüst me miraba fijamente, inmóvil, veo su mirada dura al fondo de un rostro anguloso, unas cejas hirsutas, pelo castaño cortado al cepillo, una boca muy ancha, un cuello robusto. Me preguntó con insistencia acerca de las razones de mi interés por el Cuarteto Farb, sin que ninguna de mis respuestas pareciera satisfacerlo. Varias veces tomó unas notas en una minúscula libreta e incluso me hizo deletrear mi nombre, pese a que debía de conocerlo bien. El hecho de que, en el marco de mis funciones, yo quisiera explorar si podía promoverse de nuevo la idea de una orquesta interna de la empresa le parecía extraña. Sospechaba otra cosa. Al ser mi llegada a la sociedad posterior a la disolución del cuarteto, Jüst quería saber a toda costa a quién había oído yo hablar de eso. La alusión a Paolini pareció no agradarle, pero no hizo ningún comentario. Sin transición, me invitó a describir la naturaleza de mis seminarios, de los cuales decía desconfiar, pero que "estaban en boga". Con cierta brusquedad, se levantó interrumpiendo mis explicaciones y fue a lavarse las manos en el lavabo contiguo a su despacho. Desde mi asiento, lo veía de espaldas frotarse las manos metódicamente con un cepillo, y estaba tan absorto en su empeño que tuve la impresión de que me había olvidado. Cuando volvió a sentarse, parecía a la vez aliviado y ausente. Dijo: voy a mirar si dispongo en mis archivos personales de una grabación de lo que hacíamos. Y me acompañó hasta la puerta sin ofrecerme la mano.

Al día siguiente, muy temprano, fue él mismo quien me llamó para anunciarme que había encontrado el archivo del Cuarteto Farb y que me invitaba a su domicilio para mostrármelo el sábado siguiente. Hablaba entrecortadamente; entre los silencios, el flujo de su voz era precipitado. Creí que más tarde anularía esta cita. No la anuló. A decir verdad, la perspectiva del encuentro me atemorizaba un poco, porque adivinaba en él la aceleración de una historia que había creído ser capaz de dominar. También atribuía mi desazón a la especie de aura mortuoria que emanaba de ese hombre, la extrema tensión que envaraba sus gestos, la sequedad de sus frases, como si frente al otro sólo conociera el registro de la orden o de la consigna. Elijo la palabra mortuoria recordando que me parecía habitado tanto por la muerte como por el asesinato, y que en su mirada el rápido paso del furor a la inquietud me hacían dudar entre las dos facetas de la pulsión.

Vivía en una de las villas recién construidas a orillas del lago, una mansión fría y lujosa, rodeada de un jardín francés perfectamente cuidado. Un sistema electrónico accionaba la verja a distancia. Dos columnas de mármol de color crudo realzaban la puerta de entrada. Me recibió en un pequeño salón-fumadero contiguo al vestíbulo. Estaba incómodo en una poltrona demasiado baja para él, ese ambiente burgués de vitrinas, porcelanas y bonitos marcos de caoba. Pero no era sólo su elevada estatura, su violencia contenida, lo que desentonaba en el saloncito, era cierto aspecto descuidado, un contacto desinhibido, a veces brutal, una especie de desenvoltura desmentida por la ansiedad de su mirada. Me di cuenta de que estaba borracho. Creí incluso que había bebido para atenuar el temor que le suscitaba mi visita, presintiendo que anunciaba un acontecimiento que ya no podía eludir y viéndose obligado a entablar una alianza conmigo.

Cuando su esposa irrumpió con la bandeja de vasos para el aperitivo, descubrí de una sola mirada todo el desamparo de esa mujer. Era una señora menuda y pulcra, de prematura vejez, con un moño blanco coronando un rostro de ojos tristes, a todas luces una esposa sumisa, lo que se llama, en este ambiente, una mujer de su casa. Cuando volvió hacia la cocina, la conversación se reanudó, fragmentada, algo deslavazada, salpicada de preguntas sobre mi vida personal (pero ¿oía las respuestas?), de generalidades acerca de la música, y de recuerdos, ya que para eso había venido, unos cuantos recuerdos algo forzados sobre su aprendizaje del violín, la creación del Cuarteto Farb y sus escasos momentos de esplendor. Había tenido como profesor a un tal Zoltan Nemeth, cuyo nombre habría sido de mal tono que yo ignorara. El cuarteto ensayaba los martes y los domingos, su secretaria había sido una de sus componentes, habían tocado Dvorak, Franck, e incluso Schubert. Al mencionar a éste, anunció con voz sorda: *La muerte y la doncella*, he encontrado la grabación. Y se levantó, con las piernas algo vacilantes, invitándome a seguirlo hasta una espaciosa sala cuyos ventanales daban al lago. Nos sentamos frente a la ventana, media docena de altavoces bordeaban la estancia, encendió el aparato a distancia, y las primeras notas del *andante* surgieron, lentas, demasiado lentas, rasposas, un tanto mecánicas, impregnadas aun así de la tensa melancolía que baña las obras más puras del maestro vienés. Fue entonces cuando se produjo el incidente: primero lo oí proferir sonidos en alemán, algo sordo y vagamente imprecatorio; luego echó hacia atrás la cabeza y se puso a vociferar: ¡Genug! ¡Genug! Por fin apagó el magnetófono. Después de recobrar poco a poco la compostura, repitió: es insoportable, ¿entiende?, insoportable, y añadió esta frase, que anoté más tarde por lo curiosa que me pareció: "La música de los ángeles, ¿entiende?, se han aliado diez, veinte, para destrozarme el cuerpo..." Tras lo cual permaneció un rato con la mirada fija, las manos crispadas en los brazos del sillón, se levantó bruscamente y me dejó solo. Sonó un portazo en la casa, el estrépito de un objeto que rodaba escaleras abajo, y luego Lucy apareció en la puerta. Estaba temblorosa y muy pálida, murmuraba: no pasa nada, señor, mi esposo es un ser sensible, no había escuchado música desde hacía meses. E insistió para que no me fuera por lo menos sin haber saludado a su marido. Éste volvió a aparecer unos instantes después, aturdido aunque esforzándose en sonreír, tratando de minimizar lo sucedido, atribuyéndolo a la interpretación desastrosa del cuarteto y al terrible perfeccionismo que le hacía perder todo el "sentido común" cuando advertía "los innumerables errores que había podido cometer". Volvimos al salón-fumadero, estaba todavía sin resuello, con los ojos brillantes, esforzándose en rehacerse. Cuando Lucy nos hubo dejado solos, me preguntó si tenía regularmente contactos con Karl Rose, quiso saber si el director adjunto se interesaba por mi trabajo, si tenía algo que ver con mi departamento. Salí del paso como pude. Dijo estas palabras: su función me interesa, la "cuestión humana" me interesa, tendré que hablarle, aunque más adelante, de un problema preciso. Pretexté una obligación familiar para huir.

Lucy Jüst me llamó a la oficina el lunes siguiente. Le temblaba la voz. Con un pretexto bastante fútil (el olvido de mi petaca), me invitaba a pasar por su casa en cuanto me fuera posible. Decidí visitarla a media tarde, mucho antes de la hora a la que Jüst acostumbraba a salir de la empresa. Me hizo pasar a un comedor inmenso donde tensaba el silencio el tictac metálico de un reloj de pared. Al otro lado de la mesa, detrás de la bandeja de té, que ella no tocaba, Lucy apenas se atrevía a alzar los ojos, escogiendo las palabras con cuidado. No sé muy bien quién es usted ni cuáles son sus intenciones, empezó, espero que sean claras y que sus estudios de psicología le permitan comprender sin juzgar. Sin duda lo habrá observado usted mismo: mi marido no está bien. Sin duda la música era para él una prueba insuperable, pero usted no podía saberlo. Hace tiempo que Mathias no puede escuchar música, dice que le produce dolor, que siente filos acerados en su cuerpo, son cosas que dice. Pero lo que más me asusta, señor, quisiera encontrar las palabras adecuadas, lo que más me asusta es a veces su mirada, me parece que ya no le pertenece. Por la noche, se encierra en su despacho y lo oigo andar de un lado a otro hablando en voz alta. Quise coger su arma personal, porque en ocasiones pronuncia palabras terribles. Pero su arma ya no está en el cajón. El otro día lo sorprendí en la habitación de nuestro pequeño Aloïs. Estaba tumbado junto a la cuna, imagínese un cuerpo tan grande, le cogí la mano, y se dejó. La muerte de nuestro hijo es una tristeza que no desaparecerá nunca, aunque el pequeño no haya tenido un solo soplo de vida. Trate de comprender, señor, la esperanza que representaba un niño en esta casa tan hermosa y tan grande. Dos veces pensamos en adoptar, pero en cada una de ellas Mathias interrumpió las gestiones, no entendí por qué. Creo saber que está resentido con el señor Rose, con quien sin embargo teníamos mucha amistad. La señora Rose era para mí una amiga íntima, pero ahora me prohíbe ir a verla. Quizá no debiera decirle todo esto, señor, imagino el disgusto que tendría si se enterara de que me confío a usted, pero ¿a quién más puedo hablar? Rechaza la ayuda de todo el mundo, piensa que no está enfermo, dice que es una maquinación. La palabra me da miedo, creo que en su especialidad es lo que se llama paranoia, ¿no es así? A menos que se trate de una verdadera maquinación, pero entonces ¿por qué no me habla de ello? Éramos una pareja muy unida. Pero ahora me cierra hasta la puerta de su despacho. Levantó por fin la mirada. ¿Puede usted ayudarme a comprender a mi marido?, imploró con dulzura. No supe qué responder. Le prometí que mantendría el contacto con ella y esperaría el encuentro que él me había propuesto para hacerme una idea. Mis palabras parecieron reconfortarla. En la pared había una gran foto en que posaba Mathias Jüst, rígido, muy solemne, junto a la pequeña Lucy, que se apoyaba en su hombro con un destello tierno y risueño que no le conocía. El reflejo enmarcado de otra época parecía presagiar desgracia en ese gran comedor neogótico con lámparas de araña y candelabros de estaño. Lucy me estrechó la mano, ansiosa, y permaneció en el umbral hasta que mi coche hubo doblado la esquina. Parecía seguir suplicando y ocultando con su baja estatura la sombra vacilante del hombre cuyas noches frías y esperanzas había compartido durante tantos años.

El sobre que Karl Rose me hizo llegar, también a mi domicilio, añadió un elemento nuevo cuyo auténtico alcance no pude captar en ese momento. Era una carta manuscrita, bastante larga, que Mathias Jüst dirigía al director de la casa madre. Se adjuntaba la versión mecanografiada. Se trataba de un informe técnico aparentemente banal, que hablaba de cifras de producción, datos de personal, perspectivas y proyectos para el año siguiente, según dos hipótesis, K y B, que no se precisaban. Lo que Karl Rose quería destacar no era tanto el contenido de la carta como las diferencias entre la versión escrita original y su doble mecanografiado. El texto manuscrito estaba efectivamente salpicado de lagunas, palabras que faltaban y que en cambio figuraban en la carta definitiva. Concluí que la secretaria de Jüst, probablemente Lynn Sanderson, corregía las cartas de su director, pero una vez más no acertaba a comprender que pudiera encubrir sus errores y a la vez actuar como delatora. Esta cuestión me ocultó el elemento central de este doble documento. No fui consciente de que la omisión de las palabras no obedecía a un simple azar, sino que los sustantivos que faltaban pertenecían a una red particular de significados, eran como piezas de un enigma cuya clave no teníamos ni Rose ni yo. Fue más tarde cuando, releyendo la carta, advertí la omisión de ciertas palabras como **Abänderung** (modificación), **Anweisung** (instrucción) o incluso, dos veces, **Betrieb** (funcionamiento). Así, había en la cabeza de Jüst un censor de palabras, un programa parásito que tachaba ciertos vocablos produciendo un espacio en blanco, una ausencia. Si entonces hubiera tenido la lucidez de alinear las palabras que faltaban, como si pertenecieran a una lengua proscrita, pero utilizada en secreto, quizá habría podido esclarecer una parte del enigma. Una lectura atenta me habría hecho descubrir ciertos movimientos de pluma, o la presencia de una palabra intrusa ilegible, **Reinigung** (limpieza) o **Reizung** (excitación)... Lo mal escrito, lo mal dicho, la maldición de toda esta historia, era lo que quedaba recogido en el original de esa carta técnica de letra apresurada, azarada, como si la lisa trama de lo que Jüst había llamado sentido común se hallara deformada, desbordada por los cuatro costados frente al flujo ascendente del tumulto, frente a lo insensato, a lo innominable.

"La cuestión humana, la cuestión humana", remachaba. Lo veo aún la tarde de nuestro tercer encuentro y recuerdo mi miedo, físico. Me había llamado a media tarde para convocarme a su despacho a las ocho en punto. Yo no entendía adónde quería ir a parar con la "cuestión humana". Se refería, desde luego, a la idea que tenía de mi función, pero por qué tanta insistencia. Esta vez parecía tener pleno dominio de sus facultades, si bien su mirada estaba tensa, fija, y su tono de voz era un tanto declamatorio, como si recitara un texto que hubiera ensayado mentalmente. De nuevo sentí una violencia extrema tras la solemnidad del discurso que me dirigía. Temía en todo momento que esa contención volara en pedazos, que Jüst prorrumpiera en alaridos e invectivas. Mientras me hablaba, acariciaba con el dedo una regla metálica que había encima de su mesa. No puedo ignorar, insistió, la importancia de la dimensión humana, es para mí una preocupación constante, en virtud de la cual insistí para que participara usted personalmente en todas las reuniones relativas a las decisiones fundamentales de la compañía. Y si, durante la larga prueba que fue para nosotros la reestructuración, le pedí que afinara una y otra vez los criterios de evaluación del personal, fue porque siempre quise conjugar el factor humano con las necesidades económicas. Incluso en los peores momentos de la crisis, sepa que nunca ignoré hasta qué punto esta cuestión era crucial. Toda empresa, desde el obrero hasta el director, se ve algún día confrontada a ello. Desde el obrero hasta el director, puntualizó. Luego marcó un prolongado silencio, vi su boca torcerse y, mientras una sombra de espanto atravesaba su mirada, lo oí declarar con voz sombría, midiendo cada sílaba: sé muy bien, señor, sé muy bien que Karl Rose le ha pedido que me vigile. Karl

Rose le ha encargado esta misión porque ha decidido desestabilizarme poco a poco, destilando falsedades, volviendo contra mí a mis propios colaboradores. Si quiere eliminarme es porque sabe que dispongo de informaciones íntimas y comprometedoras acerca de él, de extrema gravedad. Las informaciones son éstas, señor, a estas alturas no tengo ya nada que disimular: Karl Rose se llama o mejor dicho se llamaba Karl Strauss. En 1936, Heinrich Himmler fundó el movimiento **Lebensborn**, literalmente: fuente de vida, con objeto de recoger, en maternidades y asilos, niños de raza aria, a menudo sin padres. En la debacle, muchos de esos niños murieron, algunos fueron adoptados por familias alemanas, ése fue el caso de Karl Rose. Ese hombre es, pues, un niño Lebensborn, no es culpa suya, desde luego, pero este hecho explica que se haya criado en una familia nostálgica del Orden Negro y que haya mantenido fidelidades dudosas con personajes que profesan esta ideología. Dispongo de pruebas concretas sobre donativos que él consintió a una sociedad ficticia encargada de transferir estas sumas a un grupúsculo de la extrema derecha que incluye una milicia paramilitar. Todos esos documentos están en mi poder, señor, pues también yo tengo mis confidentes. Y no me ha sido difícil seguir las diferentes pistas. Esbozó una sonrisa crispada, casi una mueca. ¿Comprende ahora?, remachó, ¿comprende? Y durante el interminable silencio que siguió, el largo e hipnótico intercambio de miradas, lo oí mascullar con voz sorda unas palabras entre las cuales creí entender Todesengel, que significa ángel de la muerte. Les puso fin con un gesto, giró su sillón hacia la ventana y me despidió con estas palabras: ahora haga usted lo que quiera, señor, le he dicho lo que tenía que decir.

Se aproximaba la Navidad. Pretexté una gripe para no ir a la oficina durante dos semanas. Durante todo ese período, no tuve noticias de Karl Rose. Me había pedido el informe sobre Jüst para fin de año. La simple mención de una crisis de agotamiento nervioso habría constituido un arma temible, y no tenía ganas de servir a un amo cuyas intenciones me parecían cada vez menos claras. Pese a que no podía ignorar que Mathias Jüst se estaba volviendo loco, que sus defensas estaban cediendo una tras otra, que sus alegaciones acerca de Karl Rose tenían algo de delirio, habían introducido en mí una duda, la impresión de participar en un juego morboso cuyas reglas desconocía. Y no podía desprenderme de la idea de que la delirante convicción de Jüst se apoyaba en un punto de verdad. Por contaminación, no conseguí acabar un dossier de selección, pese a que se trataba de una labor rutinaria. Era la primera vez que sentía una inhibición e incluso cierto asco por mi trabajo, algo como la manifestación de un profundo escepticismo que nunca había querido confesarme a mí mismo. Este período de Navidad resultó más desapacible que nunca. Las calles estaban chorreantes de guirnaldas luminosas, los altavoces difundían al unísono empalagosas músicas de orquesta, la gente se precipitaba en las tiendas en busca de fútiles objetos en un ambiente de fiesta convenida, interminablemente consumida. Durante ese período fui víctima de llamadas telefónicas anónimas en que identificaba una respiración antes del clic que anunciaba el final de la comunicación. Alguien intentaba llamarme y no podía hablar. No sé por qué tuve la convicción de que esa persona era una mujer. Quizá obtuve la confirmación cuando oí por el auricular la voz tenue de Lynn Sanderson. Deseaba verme, pero al cabo de varias horas anuló la cita concertada. Decidí no hacerme preguntas sobre ese cambio de actitud, ni sobre un incierto juego de presagios que no había podido evitar leer, prefiriendo mantenerme en una vaga expectativa y dejar que las cosas se produjeran lo más lejos posible de mí.

El accidente de Mathias Jüst tuvo lugar el 21 de diciembre, o sea al día siguiente de nuestra tercera entrevista. Me enteré por una carta que me escribió Lucy Jüst quince días después del suceso. En ella decía: *"Me arriesgo a dirigirme a usted, sabiendo que usted es la única persona a la que he confiado las dificultades de mi marido. Dentro de nuestra desgracia, este terrible accidente tiene la ventaja de obligar a*

Mathias a permitir que lo cuiden. De ello se encarga el hospital de R. Después de dos semanas muy penosas, creo que se encuentra por fin en vías de mejora. Ayer me pareció entender que deseaba que usted le hiciera una visita. Actúo, pues, como mensajera suya, si bien los signos que me ha dado son tenues y quizá contradictorios. Las visitas se hacen por la tarde. Salgo de casa todos los días a las tres para ir a la clínica. Tenga la bondad de no hablar a nadie de la existencia de esta carta. Que Dios le ayude a comprenderlo. Lucy Jüst."

En el hospital de R., Mathias Jüst estaba ingresado en la planta de psicopatología. Lucy me esperaba delante de la puerta de su habitación. Me dijo de entrada: mi marido nunca ha estado tan mal, no debería haberle pedido que viniera. Un piloto mural difundía una luz amarillenta. Jüst estaba echado en la cama, con los ojos cerrados, los brazos a lo largo del cuerpo. Lucy se inclino para decirle al oído que yo estaba allí. No reaccionó. Su respiración corta revelaba que no estaba durmiendo, que estaba atento al menor ruido, protegido tras ese envoltorio de inmovilidad llamado catatonia. Musité unas palabras, entreabrió los labios y profirió en el silencio: "Schmutz, Schmutz", que significa, suciedad, mancha, mugre. Apoyé mi mano en el borde de la cama y sentí que desplazaba la suya hacia mi brazo, lo aferró súbitamente con tal fuerza que todo mi pensamiento se vio aprisionado por esa tenaza poderosa, pesada, casi dolorosa. Fue un instante de intimidad forzosa con ese hombre, cuya fobia al contacto físico conocía. Era incapaz de moverme, detallaba su perfil anguloso, el lento goteo de la perfusión y una pequeña libreta de notas sobre la mesilla de noche con unas cuantas palabras escritas con mano torpe. Después de un buen rato aflojó la presa, y tuve la impresión de que se había quedado dormido. Lucy me acompañó hasta el vestíbulo de entrada del hospital. Me dio entonces la verdadera versión del accidente. Era un martes, él había esperado que ella se fuera a la coral para meter su coche en el garaje. Allí, metódicamente, había tapado con cinta adhesiva ancha todas las entradas de aire, y luego tomó somníferos, puso el motor en marcha y se quedó dormido con las ventanillas abiertas, en el asiento del acompañante. Debía el haber salvado la vida tan sólo al presentimiento que tuvo Lucy en pleno ensayo. Me detalló con fascinada precisión todos los esfuerzos que había tenido que hacer para abrirse camino en la asfixiante niebla hasta el coche, apagar el motor, arrastrar el cuerpo de su marido hacia la escalera del lavadero y conseguir desbloquear el mecanismo de apertura de la puerta del garaje. Desde que se había despertado, me dijo, Mathias Jüst emitía palabras terribles. Especificó: palabras de negación, visiones sombrías, desesperadas, la idea de que todos los niños del mundo morían uno tras otro, de que había una especie de maldición que pesaba para siempre sobre el género humano. Lucy pronunciaba estas palabras con dificultad, como si estuvieran prohibidas, como si fueran blasfemias. Quise saber si su marido había tenido manifestaciones de ese tipo cuando murió el pequeño Aloïs. Hizo un largo silencio y me contestó algo totalmente distinto. Más tarde comprendí la pertinencia de esa respuesta aparentemente desplazada. Habló de su padre, Theodor Jüst, un comerciante marcado por la guerra, un ser brutal e inflexible que sólo conocía una palabra, Arbeit, que infligía a su hijo único, si no llevaba a cabo perfectamente lo que emprendiera, unos castigos desmedidos, como el de azotarlo hasta hacerlo sangrar con un látigo de cuero o encerrarlo un día entero en un sótano sin luz. Cuando estaba a punto de irme, Lucy me pidió que me quedara con ella un poco más. Recorrimos en silencio el deambulatorio que rodeaba el patio. No nos deje solos, me suplicó antes de despedirse, sé cuánto lo necesita mi marido. Ese día llovía a cántaros. Mientras volvía en coche bajo la violenta lluvia, tuve la clara sensación de que había penetrado en la noche de un hombre, peor aún: de que su noche lindaba con la mía y su mano aferrándome sellaba una complicidad, la participación en una falta, el placer de compartirla, algo oscuro e indistinto que yo relacionaba extrañamente con lo que él había llamado la cuestión humana. Esta concatenación volvió por la noche, el insomnio no tuvo fin, la espera fue nerviosa, marcada por los números rojos del despertador digital, con el desfile, el progresivo agotamiento de las mismas imágenes, hasta que la palidez del alba hubo dejado mi cuerpo sin fuerza, embotado de sueño.

Karl Rose me envió estas esta nota particularmente hipócrita para invitarme a reanudar el contacto con él: "*Me ha impresionado mucho el accidente del señor Jüst. Las escasas noticias que me da su esposa son, afortunadamente, esperanzadoras. Me complacería volver a discutir con usted sobre el tema del que habíamos hablado, si bien este brutal acontecimiento parece haber modificado en cierta medida la situación.*" La entrevista tuvo lugar dos días después. Enseguida advertí que Rose no estaba al corriente de la auténtica índole del accidente y que deseaba saber más a toda costa. Fingí no saber nada, y debió de darse cuenta. Adoptó otro ángulo de ataque: la impresión clínica que me había dado Mathías Jüst. Salí del paso con evasivas, mentí sobre nuestros encuentros, me acorraló, quiso saber qué entendía por fatiga pronunciada, por crisis personal "como las que atravesamos todos". Vio cómo me retractaba, me desdecía, matizaba, volvía a mis posiciones anteriores, inventaba que no sabía nada o casi, reconociendo por fin que el encargo que me había confiado me sumía en una profunda desazón. Esta confesión suscitó nuevas preguntas. Rose estaba loco de curiosidad, con todos los sentidos alerta, acechaba el fallo, dispuesto a atacar. Por un instante creí ver la palabra **Lebensborn** inscribirse en letras inmensas y me pareció que lo miraba como Jüst lo había mirado. Karl Kraus, niño del Orden Negro, niño de nadie, niño de otra variedad de niños, todos perfectos y similares, niño sin infancia, ni corazón, ni alma, ni descendencia, niño de la nueva y pura generación técnica, Fuente de vida. Acabó batiéndose en retirada. Su desazón me resulta incomprensible, dijo, en todo caso usted no me la explica. Me afirma que una crisis personal es un paso obligado en la vida de un hombre, eso es o bien una generalidad para erigir una pantalla de humo, o bien una consideración que se sitúa deliberadamente fuera de nuestro tema. Y terminó con estas palabras de desprecio: creo que he cometido el error de dirigirme a usted, señor, así como el de sobrestimar el adelanto de la ciencia en su profesión. La entrevista concluyó con un silencio y un apretón de mano helada. Volví a mi despacho sin conseguir concentrarme en mi trabajo. Pretexté una migraña para volver a casa.

Era el 10 de enero, Lynn Sanderson me llamó por la tarde. Quería verme urgentemente, dudaba acerca del lugar del encuentro, prefería que no fuera público. Nos citamos en su piso, un ático amplio y luminoso de refinada decoración: paredes de colores pastel, algunas escenas de caza de montería, paisajes italianos, cortinas con flores entrelazadas. Apareció tal como era en realidad, una mujer acosada, atormentada por el remordimiento, un ser cuya pátina de elegancia se resquebrajaba por los cuatro costados. Desde hacía más de un año, me dijo, que estaba sometida a presiones y chantajes que la habían llevado a traicionar a su director, ya por miedo a represalias por parte de los alemanes (así designaba a los apoyos de Karl Rose), ya por el estado alarmante en que se encontraba Mathias Jüst. Casi sin transición, confesó haber sido amante de su jefe, sobre todo en la época del cuarteto. Más tarde la relación se disolvió debido al comportamiento violento, imprevisible, de Mathias Jüst. Que había querido a ese hombre, que lo seguía queriendo, era una evidencia que revelaban su voz empañada y su manera cautelosa de hablar de él. Pero había llegado el momento de confesarme todo, de decírmelo todo, volvía a llenarse el vaso, y el alcohol la liberaba de un secreto mantenido demasiado tiempo. Incluso me dio detalles íntimos, casi impúdicos, acerca de su relación. La acompañaba a su casa después de los ensayos del cuarteto, le dejaba cartas "poéticas", era un enamorado inquieto, posesivo, obsesionado por el hecho de que pudieran sorprenderlos. El malestar se remontaba según ella a dos años, pero sin duda lo llevaba incubando mucho más tiempo. Ese hombre tan duro, exigente, inflexible, en la intimidad resultaba ser profundamente vulnerable, un niño bajo una coraza social aparentemente sin resquicio alguno. Ella lo había visto sollozar varias veces, sin que alcanzara a explicarle lo que motivaba esos accesos de desesperación. Ese niño inconsolable era con quien se había encariñado a pesar de sus reacciones de rechazo brutal, de sus largos períodos de silencio, de la desazón de una relación tejida de escasos momentos de intercambio sobre fondo de dolor e incomprensión. Al atardecer, me contó uno de los recuerdos de infancia de Mathias Jüst. Lo reproduzco con detalle porque me pareció, como a ella cuando me lo contó, que estaba en el centro del sufrimiento de ese hombre. Así tendemos a creer en esa especie de causalidad que convierte un único suceso en el punto donde todo parece tener su origen. El padre de Mathias, Theodor, había formado parte durante la guerra de un batallón de policía y había colaborado con la SS para trabajos llamados de ocupación, en Polonia o en Bielorrusia. Tales trabajos no eran puramente administrativos, ya que se trataba de poner en práctica, en una zona muy poblada de judíos, todo un programa de *reinstalación*. Mathias nunca supo en qué había consistido la actividad de su padre pero fue testigo de un suceso concreto. Un domingo, a principios de los años cincuenta, alguien reconoce a su padre en una sala de museo. Es un hombre cojo, cuyos ojos atraviesa un destello. Se dirige hacia Theodor Jüst y le habla. El padre de Mathias finge no oír aquello que el niño recordaría con claridad: "Le vi en Miedzyrzec en octubre del 42, le dijo el hombre, había mujeres y niños en el suelo, junto al muro del cementerio." Sin esperar el resto, Theodor Jüst tira del brazo de su hijo y abandona precipitadamente el lugar. En casa, da vueltas como un poseso, se encierra en la habitación. Al día siguiente, el hombre está a la salida del colegio, se aproxima a Mathias y le da una nota dirigida a su padre. En la nota sólo hay un topónimo y unos números: "*Miedzyrzec, 88-13*". El padre palidece al leerlo, agarra a su hijo por el cuello, por poco lo estrangula. Más tarde, tras la puerta del sótano, donde lo ha encerrado, vocifera amenazas de muerte. Un día, irrumpiendo en el cuarto de baño, le mete la cabeza en el agua, no tendrías que haber vivido, le grita, otros tendrían que haber vivido, no tú. Durante mucho tiempo, la imagen del padre danza delante del muro del cementerio, y el niño se pregunta qué hacían esos cuerpos boca abajo y qué significaban los números. Busca el lugar en un mapa, se inventa una historia, imagina que ochenta y ocho era el número de mujeres, trece el número de niños. O trece el número de niños muertos sobre un total de ochenta y ocho. Piensa que, efectivamente, no debería haber vivido, con esos niños allí, yaciendo a la sombra de su padre, que andaba por encima de ellos como camina a grandes zancadas por el campo o da vueltas en su cuarto cual león enjaulado. Es el secreto de Mathias, convino con tristeza Lynn Sanderson. Se levantó para sacar de la cómoda un objeto envuelto en un pañuelo de seda que depositó con cuidado sobre la mesita. Esta colocación casi ceremonial del objeto, a todas luces un revólver, arrojó un brusco silencio entre nosotros. Pero en lugar de pensar en lo que Lynn ponía en escena, a saber, que él le había dado el poder de impedirle morir, volvía a oír la voz de Lucy Jüst expresando su miedo de no haber encontrado el arma en el fondo del cajón. Comprendí que al confiarla a Lynn antes que a Lucy, ponía su vida en manos de su amante antes que en las de su esposa. De repente descubrí el parecido entre ambas mujeres, la misma piedad inquieta se leía en sus ojos, el mismo cariño de madres. Y sin duda se parecían físicamente, en su fragilidad, su gracilidad, la finura de sus rasgos, dos seres femeninos y sensibles hacia los cuales el amor había llevado a Jüst. No cogí el revólver (un Luger en cuya culata estaba inscrito en letras góticas el lema **Blut und Ehre**), no quise tocarlo pese a que Lynn expresó por dos veces el deseo de que la descargara de la morbosa relación que simbolizaba. Antes de irme, le dije que tirara el arma en cualquier sitio, en un desagüe, en un cubo de basura. Tenía el profundo deseo de deshacerme de toda esa historia, de considerarla desprendida de mí, zanjada, perdonada (pero ¿por qué esta palabra perdón?), absuelta y cerrada, definitivamente.

Reanudé mi trabajo en la SC Farb. Mathias Jüst fue transferido a un hospital de las afueras, a treinta kilómetros de la ciudad. Reanudé mi trabajo, selección, seminarios. Lucy Jüst me dirigió dos cartas a las que no contesté. Selección por la mañana, entrevistas, exámenes psicométricos, talleres algunas tardes, de ocho a quince jóvenes ejecutivos, sobre todo comerciales. "*Mathias sale poco a poco de su mutismo,* me escribía Lucy Jüst, *me ha hablado de usted.*" A veces proponía una consigna y salía de la sala de reuniones, iba a fumar frente a la ventana, el cielo de invierno era bajo y gris, cargado de lluvia, me veía como un viejo profesor que removía sin convicción esos conceptos de motivación, de asertividad, de competencias selectivas, y proponía juegos de rol que suscitaban siempre los mismos comentarios, encendiendo crédulos destellos en los ojos de los participantes. "*Mathias se abre cada vez más,* precisaba Lucy Jüst, *ayer nos paseamos un buen rato por el parque.*" Evitaba a Karl Rose, y Karl Rose me evitaba. Si por casualidad se aventuraba en mi zona, nos saludábamos brevemente sin que se cruzaran nuestras miradas. La puerta de Mathias Jüst seguía obstinadamente cerrada. Me enteré de que Lynn Sanderson llevaba tres semanas de baja. "*No abandone a mi marido*, imploraba Lucy, *sé que usted significa mucho para él.*"

Me llamó a mediados de febrero. Al principio, no reconocí su voz por teléfono. Era más lenta, monocorde, un poco metálica, aunque me dijo que estaba mejor, que había tomado consciencia de ciertas cosas de las que quería hablarme, a ser posible en ausencia de Lucy. No pude sustraerme a la llamada. Mi visita al hospital tuvo lugar el sábado siguiente. Hacía un tiempo de invierno magnífico, con un cielo muy azul, un frío intenso. Los pabellones hospitalarios estaban dispersos en un extenso parque, alrededor de un palacete del siglo pasado. Me llevaron al tercer piso del viejo edificio que llamaban el Castillo. La puerta estaba entreabierta. Con el rostro atravesado por unas gafas de sol, estaba sentado en un sillón frente a un televisor encendido pero privado de sonido. Se incorporó apenas para saludarme, pidió a la enfermera que cerrara la puerta y nos dejara solos. Al hablar esparcía largos silencios que no parecían significar nada más que el tiempo necesario para que se precisara su pensamiento. Me alegro de que haya venido, me dijo, no podía confiar este cometido a Lucy, aparte de usted no veo quién podría llevarlo a cabo. El encargo en cuestión consistía en vaciar la caja fuerte de su despacho personal. Había preparado a estos efectos una pequeña llave y un papelito con un código de cuatro cifras sobre la mesilla de noche. Cuando le pregunté si debía traerle los valores que contenía la caja fuerte, respondió en tono casi irritado: no son valores, no tiene valor, Unsinn, haga con ello lo que le parezca. No obtuve más precisión, salvo que así pretendía hacer tabla rasa de un pasado "repugnante y detestable", son las palabras que utilizó. Se quitó un instante las gafas, y vi sus oscuras ojeras, su mirada ligeramente desorbitada por la medicación neuroléptica. Con su viejo traje de lana gris, su cuello abrochado sin corbata y esa especie de tensión estuporosa que se leía en su semblante, tenía ante mí la sombra de mi antiguo director, un superviviente, un fantasma, un enfermo. Me pareció tener prisa de ver que me iba, insistió en que no perdiera la llave ni el código, pronunció algo del estilo de: "Ya verá, señor, ya verá hasta dónde puede llegar la maldad de los hombres."

No tuve que explicar nada a Lucy. Ella lo sabía. Aceptaba que su marido la mantuviera apartada de ciertas cosas, igual que sin duda consintió su relación con Lynn Sanderson. Sólo hizo algunas preguntas (¿Cómo lo había encontrado? ¿Se había alegrado de verme?). Luego me abrió la puerta del despacho privado y me dejó solo. No había casi nada en esa estancia de moqueta clara, aparte de dos sillones de cuero, una gran mesa de roble esculpido, un atril a juego y una caja de música del siglo XVIII en que cinco figurillas de músicos y danzantes estaban colocadas alrededor de un clavicordio en miniatura, cada uno de estos pequeños autómatas, pasmado y macilento, dispuesto a ponerse en movimiento al accionar el mecanismo. Pese a los ventanales que daban al lago, quizá debido al olor (ligera y exquisitamente fétido), tuve la sensación de penetrar en un recinto siniestro, incluso de profanar la habitación de un muerto. La caja fuerte estaba empotrada en la pared, con el blindaje también revestido de roble labrado. Sólo encerraba un sobre de cartón que contenía cinco cartas. Las metí en el bolsillo, devolví las llaves a Lucy y salí precipitadamente.

Aquí es donde la historia va a tomar un cariz completamente distinto. Hay en mí terror, la palabra latina *pavor*, cuando tengo que describir las cartas que había guardado en su caja fuerte sin atreverse a destruirlas. Creía haber llegado al fondo del secreto de Mathias Jüst y no había visto más que la parte visible, que parecía reducirse a él solo, explicada por sus dolorosos recuerdos, designada por un diagnóstico como los que había aprendido en los libros, en la universidad, aislada y circunscrita, de modo que él no fuera más que el juguete de su propia historia y que ésta me deje incólume, indemne, protegido por la distancia que se arroga el observador. Aparte de usted, me había dicho, no veo quién podría llevarlo a cabo. Me habría negado, lo sé, si no me hubiera movido una especie de curiosidad salvaje, el deseo de comprobar si la caja fuerte contenía efectivamente documentos que comprometieran a Karl Rose, la embriaguez de poseerlos y de adquirir gracias a ellos un estatus de intocable, porque una parte de mí todavía quería creer en la pista Lebensborn, demasiado extraña, demasiado singular, pensé, para provenir sólo de un delirio.

Las cinco cartas eran anónimas, enviadas desde la ciudad de N. cada dos meses, normalmente el 15 o el 16. La primera era de más de un año atrás. Contenía el facsímil de una nota secreta de varias páginas fechada el 5 de junio de 1942, que llevaba el sello **Asuntos secretos del Estado (Geheime Reichssache!)**, y hablaba de las modificaciones técnicas que había que llevar a cabo en los camiones especiales en servicio en Kulmhof y Chelmno. El documento es conocido entre los historiadores del Holocausto. "*Desde diciembre de 1941*, decía, *noventa y siete mil han sido tratados (**verarbeitet**) de manera ejemplar con tres coches cuyo funcionamiento no ha puesto de manifiesto ningún defecto. La explosión que tuvo lugar en Kulmhof debe ser considerada como un caso aislado. Se debe a un error de manipulación. Se han dirigido instrucciones especiales a los servicios interesados para evitar accidentes similares. Dichas instrucciones (**Anweisungen**) han aumentado considerablemente el grado de seguridad.*" Luego había siete párrafos que detallaban las modificaciones técnicas que había que hacer en los vehículos. Los traduzco literalmente:

1) Con el fin de posibilitar una recarga rápida de CO evitando al mismo tiempo el exceso de presión, se practicarán dos ranuras de diez centímetros en la parte superior de la pared trasera. Dichas ranuras estarán provistas de válvulas móviles con bisagras de hojalata.

2) La capacidad normal de los coches es de nueve a diez por metro cuadrado. Pero los camiones S. grandes no pueden utilizarse con esa capacidad. No es una cuestión de sobrecarga sino de movilidad todo terreno.

*Resulta, pues, necesario reducir la superficie de carga, lo cual puede conseguirse acortando un metro la superestructura. Reducir el número de piezas (***Stückzahl***) como se ha hecho hasta ahora no sería una solución, ya que la operación exigiría más tiempo dado que sería preciso llenar de CO los espacios liberados. En cambio, si la superficie de carga es reducida pero se ocupa por completo, el tiempo de funcionamiento se ve notablemente abreviado. En una reunión con la compañía, ésta observó que acortar la superestructura conllevaría un desplazamiento del peso hacia delante, con riesgo de sobrecarga en el eje delantero. En realidad, se produce una compensación espontánea por el hecho de que durante el funcionamiento, el cargamento (***Ladung***) tiende a aproximarse a la puerta trasera, de modo que el eje delantero no sufre ninguna sobrecarga.*

3) El tubo que une el escape al coche es propenso a la herrumbre debido a la corrosión interna que producen los líquidos que se vierten en él. Para evitar este inconveniente, es aconsejable disponer los extremos de los tubos de recarga de manera que ésta se haga de arriba abajo.

*4) Con el fin de que pueda limpiarse cómodamente el vehículo, se practicará en medio del suelo una abertura con cierre estanco de veinte a treinta centímetros, que permita la evacuación de los líquidos más fluidos durante el funcionamiento. Para evitar obstrucciones, el codo estará provisto de un filtro en su parte superior. La suciedad más espesa (***Schmutz***) saldrá por la abertura grande cuando se realice la limpieza. A estos efectos, se inclinará ligeramente el suelo del vehículo.*

5) Pueden suprimirse las ventanas de observación, ya que prácticamente no se utilizan. Ello representaría un considerable ahorro de trabajo en las reformas de los nuevos coches.

6) Conviene garantizar una mejor protección de la iluminación. La reja debe cubrir las lámparas lo bastante arriba para que resulte imposible romper las bombillas. La práctica invita a suprimir las lámparas, que, según se ha dicho, no se utilizan apenas. La experiencia demuestra sin embargo que, cuando se cierran las puertas del fondo, provocando en consecuencia la oscuridad, se produce siempre un fuerte empuje del car-

*gamento hacia la puerta. Ello se debe a que la mercancía cargada (**Ladegut**) se precipita hacia la luz cuando sobreviene la oscuridad, lo cual dificulta el cierre de la puerta. También se ha observado que el ruido (**Lärm**) que se produce después del cierre de la puerta está relacionado con la inquietud que suscita la oscuridad. Parece, pues, oportuno mantener la iluminación antes y durante los primeros minutos de la operación. La luz también resulta útil para el trabajo de noche y la limpieza del vehículo.*

7) Para facilitar una descarga rápida de los vehículos, se dispondrá en el suelo un enrejado móvil que se deslizará mediante ruedas por un raíl en forma de U. La retirada y el cierre se llevarán a cabo mediante una pequeña manivela situada debajo del coche. La compañía encargada de los arreglos se ha declarado incapaz de realizarlos de momento debido a la falta de personal y de materiales. Nos esforzaremos, pues, en conseguir que los lleve a cabo otra empresa.

El último párrafo sugería no realizar las modificaciones técnicas más que a medida que se hicieran reparaciones. Salvo diez vehículos de la marca S., a la que habían hecho el pedido. Como la empresa encargada de los arreglos había indicado en el transcurso de una reunión de trabajo que las modificaciones de estructura no le parecían posibles, el texto proponía recurrir a la compañía H. para equipar al menos uno de los diez vehículos con las innovaciones a las que invitaba la práctica.

Por último, la nota había sido sometida al examen y a la decisión del Obersturmbannführer SS Walter Rauff. Estaba firmada a mano:

I. A. (Im Auftrag: por orden)

Jüst.

La segunda carta anónima contenía el mismo documento, pero el texto, apretado, muy negro, afloraba sobreimpreso en otro más borroso, que ocupaba todo el ancho de la hoja y cuyos caracteres estaban invertidos, como en un espejo. El texto en filigrana resultó ser un amalgama bastante confuso de notas técnicas totalmente actuales, las mismas que sin duda se intercambiaban los servicios de la SC Farb, y en ellas se mezclaban observaciones sobre un nuevo producto, extractos de notificaciones procedentes tanto de los servicios de producción como del personal, incluso de la dirección general. Estos fragmentos, demasiado cortos para poder identificarlos, habían sido empalmados según un orden completamente aleatorio. No veía el menor sentido al infratexto aparte de que pudiera estar ahí como fondo gráfico sobre el cual debían destacarse los caracteres gruesos de la nota técnica del 5 de junio de 1942. Debajo de la firma del tal Jüst, el remitente había reproducido este aforismo:

"El original cuyos imitadores
son mejores no es un original."
Karl Kraus

En la tercera carta anónima, los dos textos se veían dotados del mismo valor tipográfico, había una contaminación del documento inicial con las palabras que figuraban invertidas en filigrana en la carta anterior. Tan pronto se sustituía una palabra por otra como irrumpía de repente un fragmento de texto con vocabulario tecnológico actual, formando el conjunto un tejido de léxico compacto, párrafos y frases cuya constitución quimérica producía asociaciones extrañas, más bien incongruentes. Más allá de la sensación de incomprensión, lo que producía espanto era el aspecto estudiadamente desorganizado del montaje. Parecía que un virus o un defecto genético había pegado de forma aleatoria ambos textos teniendo por única consigna producir un escrito final absurdo pero gramaticalmente correcto. Habríase dicho que el remitente anónimo se había dejado llevar por el azar, y esa aparente ausencia de intención era lo que producía una tenaz impresión de desazón. Al copiar más adelante, para mí mismo, los pasajes intrusos, sólo pude comprobar una cosa: pertenecían al lenguaje tecnológico no tanto de la ingeniería concreta (que era a lo que invitaba el texto inicial) como de cierta sociología de mando, un lenguaje empleado más en los servicios de personal y en las direcciones que en los talleres y las cadenas de producción. La única intención clara del remitente: la firma manuscrita, *Jüst*, estaba agrandada.

El cuarto envío me pareció el más cínico. Se trataba esta vez de fragmentos del texto inicial, libremente descompuesto, fracturado, desconstruido, superpuesto a una partitura musical que aparecía en filigrana según el mismo dispositivo gráfico que en la segunda carta. Hacer danzar sobre pentagramas ese texto, colocar de forma casi lúdica sus elementos, me pareció el súmmum de la ignominia. La emoción que sentí me impidió ver entonces lo que saltaba a la vista. Tenía en la mano, sin darme cuenta, el primer envío que revelaba quién era el remitente.

La quinta carta contenía las mismas páginas del documento, pero éstas eran casi vírgenes, salvo el encabezamiento, Berlín 5 de junio de 1942, y la firma, agrandada, *I.A. Jüst.* Entre ambos había un texto borrado, salvo algunas palabras que afloraban aquí y allá en su tipografía original:

instrucciones, seguridad, funcionamiento, limpieza, observación, cargamento, ruido, trabajo de noche, arreglos, evaluación. En esas páginas casi en blanco, el remitente había escrito a mano:

No oír
No ver
Lavarse infinitamente la suciedad humana
Pronunciar palabras limpias
Que no manchen
*Expulsión (**Aussiedlung**)*
*Reestructuración (**Umstrukturierung**)*
*Reinstalación (**Umsiedlung**)*
*Reconversión (**Umstellung**)*
*Deslocalización (**Delokalisierung**)*
*Selección (**Selektion**)*
*Evacuación (**Evakuierung**)*
*Despido técnico (**technische Entlassung**)*
*Solución final de la cuestión (**Endlösung der Frage**)*
La máquina de muerte está en marcha.

Una vez pasado el primer choque de la lectura, me acostumbré poco a poco a las certezas siguientes. Estaba claro que los cinco envíos representaban las cinco fases de una progresión concebida de forma diabólica. La intención iba más allá de la pura voluntad de desestabilizar a Mathias Jüst, su objetivo era más amplio y sin duda me concernía, como concernía a cualquier humano. El remitente me parecía por lo demás un ser informado, de una inteligencia superior. Había corrido el riesgo de escribir a mano, por tanto no se sentía en peligro de ser descubierto. Intuitivamente sentí que no se podía tratar de Karl Rose. El director adjunto nunca habría tenido, me parecía, tanta plasticidad psíquica o "artística" para desarrollar ese discurso y, además, las dos muestras de escritura de que disponía no se parecían en absoluto. La de Rose era apretada, nerviosa, convulsa, apenas legible, la otra era amplia, despejada, casi caligráfica.

Buscando encontré en una antología de aforismos la cita de Karl Kraus, panfletista vienés muerto en 1936. Me pareció entonces plausible e incluso probable que la casi homonimia Karl Rose / Karl Kraus había actuado en el psiquismo enfermo de Mathias

Jüst para orientar sus sospechas. Es conocido el terrible genio literal de la psicosis, pero entre Rose y Kraus había más que una simple asonancia: una torsión de sentido, un paso venenoso de la lengua materna a la lengua extranjera.

Con la excusa de preguntar qué debía hacer con las cartas de la caja fuerte, le hice una nueva visita al hospital de las afueras. Me recibió en la misma habitación, en el tercer piso del Castillo. Estaba sentado en una silla de madera pintada, junto al televisor apagado. Quizá llevara allí horas mirando fijamente la esquina de la pared desde detrás de sus gafas de sol. Las manos le temblaban mucho, las rodillas se agitaban con movimientos bruscos, esa especie de falsa impaciencia que producen los medicamentos antipsicóticos. Ya le dije que no tenían valor, me repitió, mentira en estado puro. Mi padre no estaba en Berlín en esa época, no era técnico, mi padre era un simple comerciante de Hamburgo enrolado a la fuerza en un batallón de policía en el este de Polonia. Es un procedimiento repugnante, prosiguió, no tengo nada que ver con eso, deshágase de esas cartas. Cuando le hice observar que la escritura de la última no correspondía a la de Karl Rose, hizo una mueca acusadora. Kraus, mascullό, Kraus es demasiado astuto para firmar a mano. Alguien llamó suavemente a la puerta, una enfermera temerosa le dijo con voz un tanto forzada: señor Jüst, su medicación, señor Jüst. Dejó sobre la mesa un recipiente con pastillas y esperó sin decir palabra a que las tomara. Cuando se fue nos quedamos de nuevo frente a frente, yo no distinguía sus ojos detrás de las gafas oscuras, pero creo que no miraba nada, no tenía mirada, ni siquiera mi presencia le importaba ya, y yo pensaba en la carta técnica contaminada primero por un texto absurdo, y devorada luego por un proceso de aniquilación del que salían a flote aquí y allá algunos vocablos, palabras corrientes, exhortaciones proféticas, no oír, no ver, la máquina de muerte está en marcha.

No pude deshacerme de las cartas. Cuanto más las leía más parecía alejarse de mí su sentido. El sentido de una palabra, de una frase o de una imagen está ligado a lo que otro quiere decirle a uno. ¿Quién era el otro, qué quería decir y por qué me sentía, como sin saberlo, destinatario de su mensaje? En la noche siguiente a mi visita al hospital, se produjo un acontecimiento interior determinante. Ese acontecimiento es un sueño que debo contar con toda la precisión de que mi memoria sea capaz. Estaba en una fábrica abandonada, una gran sala desierta en la que nada quedaba más que el soporte hormigonado de las máquinas. Unos proyectores enganchados a un puente grúa iluminaban un pequeño estrado de madera sobre el cual cuatro hombres con traje de ceremonia tocaban el cuarteto de un tal Rosenberg o Rosenthal. Detrás de ellos había una inmensa puerta de dos hojas cerrada con una tranca metálica. En un momento dado, resonaron unos golpes sordos, cada vez más violentos, que parecían venir de la puerta. Uno de los músicos acabó interrumpiendo la pieza, se levantó, dejó su instrumento y quitó la tranca para entreabrir la puerta. El despertar sobrevino en ese preciso instante. Me encontraba en un estado de extrema angustia. Una idea, una duda, se formó en mi mente. Busqué la carta en que aparecían en filigrana los pentagramas y tuve la confirmación de lo que debí de ver sin ser del todo consciente de ello: los pentagramas estaban agrupados de cuatro en cuatro, las páginas provenían de una partitura de cuarteto de cuerda. Las pocas anotaciones, apenas legibles, de tempo no me indicaban ninguna pista más precisa, pero todo o casi estaba dicho.

Lynn Sanderson no quiso recibirme. Pretextó una extrema fatiga, secuela de una afección hepática que la debilitaba mucho. Siguiendo el consejo de su médico, pensaba ir a descansar a casa de su madre en Inglaterra. Cuando insistí, dijo estas palabras que no admitían réplica: si es para volver a hablar de Mathias, no y no, he sido una miserable en toda esta historia, he hablado demasiado, incluso a usted, he hablado demasiado.

Me puse de nuevo en contacto con Jacques Paolini. Me recibió como la primera vez en su laboratorio: el mismo hombre afable, de lenguaje cuidado y sonrisa socarrona. Me recibió con cierto calor: ¿qué buenas noticias me trae, señor psicólogo industrial? Le enseñé una de las páginas del cuarteto, que había copiado a mano para extraerlo del texto que figuraba sobreimpreso. ¿Ha tocado usted este cuarteto?, le pregunté. Pareció algo sorprendido pero no se dejó turbar, se puso las gafas y empezó a cantarlo en voz baja. El extracto es muy corto, observó, pero debe de ser el de Franck, el segundo movimiento. Es verdad, lo habíamos tocado por aquel entonces, el compositor nos perdone. Paolini me miró por encima de sus gafas de media luna: ¿por qué esta obsesión con el Cuarteto Farb, de verdad quiere despertar viejos fantasmas? Le di una respuesta embrollada de la que no pareció creer ni una palabra. Sin embargo, se dejó llevar al terreno de sus recuerdos, mencionando al cuarto hombre, que era en cambio un músico extraordinario. Se llamaba Arie Neumann, venía del departamento comercial y había tenido que abandonar la empresa con la reestructuración. Un hombre asombroso, ese Neumann, pensó en voz alta Paolini, a su lado éramos unos rascatripas. El químico hablaba sin recelo, aceptando no entender del todo lo que había detrás de mi curiosidad. Al final de la entevista, como última trampa, le pregunté si había oído hablar alguna vez de Karl Kraus. Decididamente, me hace usted jugar a un juego de preguntas cuyas motivaciones no acabo de entender. Pero no se resistió a contarme la historia siguiente. Karl Kraus era tan elocuente que lo más granado de Viena asistía a sus conferencias. Un día, en los años treinta, Kraus, que nunca había sido complaciente con los nazis, oyó por la radio un discurso de Hitler y creyó oírse a sí mismo, quedó estupefacto ante una voz que utilizaba los mismos procedimientos oratorios de seducción, de fascinación y de galvanización, acechaba, se arrastraba para captar público, y luego se alzaba poco a poco, se enardecía, lanzaba bruscamente amenazas e imprecaciones. El parecido era tal que Kraus se convenció de que el joven caporal había asistido a sus conferencias y le había robado el ardor y la voz, a partir de entonces reproducida por miles de aparatos de radio, esos *Volksempfänger* que el nazismo distribuía en las casas para propagar sus eslóganes. Esa historia de robo mimético es una parábola terrorífica, concluyó Paolini. Su sonrisa equívoca me persiguió mucho tiempo después de nuestra conversación.

Hice averiguaciones acerca de Arie Neumann. Encontré una ficha de contratación, escrita por mi predecesor. Proporcionaba algunos datos sobre la edad, la familia, el recorrido profesional. Arie tenía entonces cincuenta y cinco años, era hermano de Cyril Neumann, un célebre pianista, ya fallecido. Alguien había escrito en su ficha: *"Atractivo, atípico, poco riguroso, poco motivado, resultados mediocres."* De año en año, las notas de evaluación se confundían con otros datos numéricos que reflejaban su volumen de negocios, en descenso casi constante. Antes de entrar en la SC Farb, Arie Neumann había probado suerte como músico independiente, luego había sido socio en una pequeña empresa de instrumentos de cuerda y más tarde en una editorial de libros especializados. Varias veces las notas de gastos de hotel aparecían tachadas con una misma observación lapidaria: "*Sobrevalorado*".

Me volvió el sueño del cuarteto en tres ocasiones, apunté las noches del 24 de febrero, del 2 y del 4 de marzo. Cada vez, el sueño deformaba la escena inicial, agrandando desmesuradamente la puerta metálica y reduciendo el cuadrilátero iluminado en que tocaban los músicos. Acababan semejando muñecos mecánicos, pareciéndose incluso a los pequeños autómatas inmóviles de la caja de música del despacho de Jüst. Una angustia anticipada me hacía interrumpir el sueño cada vez más pronto. La última vez, no recordaba nada, simplemente sabía que se trataba de ese sueño y no de otro, y sentí al despertarme una opresión respiratoria, tenía el pijama empapado en sudor, y el corazón me latía con toda fuerza.

El 8 de marzo recibí en la empresa una carta cuyo carácter tipográfico reconocí nada más verla. No daba crédito a mis ojos, pese a que se hacía violentamente realidad lo que me había atravesado la mente varias veces. Me temblaban las manos mientras desgarraba la guarda del sobre. En la carta había dos hojas recorridas por una tira de papel crudo, como en los telegramas de antes, en el cual corría un texto continuo, sin puntuación. He aquí un extracto:

-parece-que-se-obtienen-resultados-satisfactorios-cuando-los-tests-se-utilizan-en-función-de-las-conductas-observadas-en-cada-circunstancia-pero-ello-implica-una-detección-de-las-variables-pertinentes-a-partir-del-mero-estudio-clínico-de-las-situaciones-concretas-de-trabajo-y-la-elaboración-de-instrumentos-específicos-más-que-del-recurso-a-utensilios-estándar-cualquier-elemento-impropio-para-el-trabajo-será-tratado-en-consecuencia-considerando-sólo-criterios-objetivos-como-se-trata-a-un-miembro-enfermo-se-guardarán-en-memoria-los-items-uno-la-edad-dos-el-absentismo-tres-la-adaptabilidad-según-el-eje-compe-

tencia-convertibilidad-sin-omitir-las-notas-de-evaluación-regularmente-actualizadas-hay-que-tener-presente-qué-personas-deficientes-son-susceptibles-de-transmitir-el-perjuicio-a-sus-sucesores-los-resultados-finales-serán-evaluados-según-una-nota-global-que-combinará-el-conjunto-de-los-factores-y-seleccionará-los-predictores-según-su-relación-con-la-función-profesional-de-que-se-trate-varios-procedimientos-de-clasificación-a-priori-o-a-posteriori-han-permitido-aislar-grupos-de-individuos-homogé neos-en-que-los-predictores-biográficos-se-han-revelado-particularmente-útiles

Los sucesos, las historias de las que queríamos ser sólo testigos, actores secundarios, a veces narradores, un día arrojan sobre nosotros el espectro de su evidencia. Un primer impulso me hizo estar a punto de romper la carta, pero me rehice, deseoso de encontrar los orígenes de ese hábil intrincamiento de textos. Se trataba en su mayoría de frases muy corrientes extraídas de un manual de psicología laboral. Los fragmentos continuos resultaban vagos, generales, si bien no pude dejar de ver en ellos una alusión precisa a mi función, incluso a mi contribución personal durante la reestructuración. En el mismo plano general, dada la ausencia de puntuación, ciertas frases revelaban otra procedencia, se fundían con el primer texto y parecían llevar al extremo la lógica de éste, constituyendo inclusiones malignas que tendían a corromper la trama, hasta el punto de que ciertas palabras de un vocabulario técnico que, sin embargo, era familiar se veían cargadas de una insospechada potencialidad de sentido. Recuerdo que no pude ir más allá en mi análisis de esa literatura destinada a poner ante mí un espejo deformante y grosero. En la época en que recibí la carta, experimenté ira y miedo. Ira y miedo de figurar en la línea de mira del ejecutor anónimo. El hombre se había vuelto hacia mí, había desplazado su arma como un francotirador desde la sombra de una ventana. Por supuesto, no se indicaba el remitente, el envío había sido hecho, como los que estaban dirigidos a Mathias Jüst, desde la ciudad de N.

Paolini, con quien volví a tomar contacto inmediatamente, pretextó que tenía demasiado trabajo en el laboratorio y aceptó de mala gana una cita durante la hora de comer en la cafetería de la empresa. Esa reticencia era nueva. Si había escogido ese lugar, demasiado público, permanentemente aplastado por el ruido, sin duda era porque deseaba restringir nuestra conversación. Encontré a un hombre distante, incómodo, que utilizaba como podía los registros de la evasiva y de la disgresión. Acabé enseñándole un extracto de la carta anónima y preguntándole si era él quien omitía firmar sus envíos y se dedicaba a ese juego detestable. Se tomó el tiempo de leer atentamente el extracto, me dirigió una mirada cargada de secreto y pronunció estas palabras: esta historia no se acabará nunca. A la pregunta: ¿había visto a Neumann desde nuestro último encuentro?, no respondió ni sí ni no, mantuvo un elocuente silencio.

Esa tarde me encontré mal en el trabajo, fue la primera vez de una serie que iría puntuando mis seminarios y haría vacilar poco a poco el tranquilo aplomo que había hecho de mí un técnico riguroso y apreciado. Tenía bruscamente una impresión de desdoblamiento, me veía dudar acerca de palabras cuyo sentido de repente me resultaba extraño, la mirada de los participantes acentuaba mi turbación, y la creciente angustia producía un acceso de transpiración profusa, incluso una sensación de falta de aire. Me recobraba más o menos, apoyándome en ciertos subterfugios, y el resto de la sesión se desarrollaba en una tensión constante en que tenía que vigilar la menor de mis intervenciones. Acabé temiendo esos seminarios, pretexté un hipotético aumento del trabajo de selección para atrasarlos tratando de recuperar la confianza y sumiéndome por la noche en lecturas científicas a menudo arduas. Me asaltaban las dudas, tenía la impresión de que mi propia elección profesional (esa elección que producía tantas glosas sobre los manuales de psicología del trabajo) se basaba en un malentendido fundamental. ¿Qué sentido tenía, efectivamente, motivar a las personas por algo que en el fondo tenía tan poco que ver con ellas? En ciertos momentos, afortunadamente pasajeros, tuve incluso la sensación de ser víctima de una especie de maleficio. Esa idea me invitó a quemar las cartas anónimas. No lo hice, convencido de la inanidad del gesto y sintiendo confusamente que aún no estaba todo dicho, que cada una de esas cartas constituía una prueba que todavía no había hablado y que, además, hacerlas desaparecer no anularía su carga terrorífica o maléfica. El 22 de marzo recibí un sobre que temía tanto como esperaba. Contenía las dos mismas hojas con la tira de papel crudo, los mismos fragmentos copiados de un manual de psicología laboral, pero en este caso (y la comparación de ambas cartas no dejaba lugar a dudas) el primer texto técnico estaba invadido y como devorado por el *otro* texto del cual aíslo aquí los fragmentos más significativos:

-cualquier-elemento-impropio-para-el-trabajo-será-tratado-en-consecuencia-considerando-sólo-criterios-objetivos-como-se-trata-a-un-miembro-enfermo-o-peligroso-

-la-selección-se-efectuará-según-la-planificación-descrita-en-casos-dudosos-será-útil-remitirse-al-cuestionario-del-Reichsarbeitsgemeinschaft-Heil-und-Pflegeanstalten-

-el-programa-Tiergarten-4-tendrá-en-cuenta-la-capacidad-de-trabajo-maquinal-entendiéndose-con-ello-la-aptitud-para-repetir-el-gesto-eficaz-sin-pérdida-de-rendimiento-en-Grafeneck-nueve-mil-ochocientos-treinta-y-nueve-fueron-tratados-en-Sonnenstein-cinco-mil-novecientos-cuarenta-y-tres-en-Bemburg-ocho-mil-seiscientos-uno-y-en-Hadamar-diez-mil-setenta-

La alusión al programa de erradicación de los enfermos mentales, bautizado por los nazis **Tiergarten 4**, me pareció más que grosera: insultante. Pero esta vez había escrito su nombre en el reverso del sobre: *"Arie Neumann, Café Salzgitter, N., entre las cinco y las siete de la tarde."*

Siempre recordaré ese café grande y triste con su pista de baile a la antigua y su viejo piano lacado de blanco. Dos camareros con librea erraban entre las mesas sobre un fondo de música lejana y de ligero rumor de voces. Los clientes susurraban como para no estropear el ambiente. Me costó un rato avistarlo detrás del espacio despejado de la pista, me pareció que sólo podía ser él: ese hombre sentado solo junto a un abrigo enrollado, fumando en silencio con expresión soñadora, iba tomando notas de vez en cuando en una pequeña libreta. Un jersey deshilachado, el pelo largo y gris recogido en la nuca con un lazo negro, un rostro palidecido por la iluminación, de huesos prominentes. El camarero reemplazó su vaso con respetuoso cuidado. Me aproximé a él y le pregunté con suavidad: ¿Arie Neumann? Me dirigió una mirada intrigada, me hizo decir mi nombre y me invitó a sentarme. Transcribo lo más fielmente posible la conversación, si bien aún tengo dudas sobre algunas de las palabras que pronunció. Recuerdo que al principio me sentía paralizado por su mirada clara, una mirada que trataba no tanto de calarme como de reconocerme. ¿Por qué ha venido a verme?, me preguntó con una curiosidad amable, casi bondadosa. Le respondí: la segunda carta que me ha enviado usted incitaba al encuentro. Podría no haberle hecho caso, objetó con el mismo tono suave, desprendido, podría haberla quemado. Farfullé: sin duda necesitaba atribuirle un rostro. Y me oí añadir, con un nudo en la garganta: hay cobardía en el envío de cartas sin firmar. Cobardía, repitió como un eco, antes de exponer con voz pausada: creo que cada uno de los textos estaba firmado, señor, ya fuera con un nombre, o con la claridad del corpus del que procedía, no hice más que unir fragmentos que no me pertenecían, de modo que al hacerlo no fui el único responsable de la cuestión que lo ha traído aquí. El argumento es un poco fácil, repliqué, usted sabe mejor que yo hasta qué punto cada uno de los textos estaba escogido, dirigido, hábilmente compaginado, la perversión consiste en no darse a conocer, eso no es honesto, no es humano actuar de este modo. Me miró en silencio. Tiene usted razón, convino, las palabras son exactamente ésas: no es humano. Y añadió en voz baja: mi única complacencia fue jugar con los textos como con formas en una página en blanco. Un juego gratuito con el apellido de Jüst, observé. Sin embargo, en eso consiste, prosiguió, en el terrible azar de la homonimia. Y añadió: un juego con el apellido, una palabra por otra, un parecido, es con ese riesgo como puede aparecer el sentido. De nuevo marcó un silencio. Tuve la impresión de que no podríamos ir más lejos, de que a cada una de mis preguntas contestaría con ese tono de evidencia, esas formulaciones generales, vagamente ambiguas. Sin embargo leía en su mirada una tristeza, incluso un sufrimiento soterrado, que desarmaba la mezcla de espanto y de furor que me había suscitado el encuentro. He asistido al lento enloquecimiento de Mathias Jüst, dije. La locura estaba presente desde el principio, murmuró, estaba antes que él, mucho antes. Y dijo esta frase: yo también he conocido la locura de Jüst, pero en esa época estaba congelada, como su corazón. Sacó un paquete de cigarrillos y me ofreció uno. Cuando Mathias Jüst tocaba música, prosiguió pensativo, parecía un niño aplicado, inquieto, atraído por el vacío y aferrado a su instrumento.

Toda la tensión de ese hombre cabía en ese instante. Fue más tarde, cuando se acabó la música, fue más tarde cuando tuve la medida de su ceguera, pero también de otra ceguera mucho peor, mucho más extendida, una especie de desarreglo de la lengua que absorbían esos seres de locura congelada como Mathias Jüst. ¿Era necesario despertar esa locura?, le pregunté. Contestó midiendo cada palabra: le he pagado con la misma moneda, con la violencia de lo que no está dirigido a nadie por nadie, ¿entiende? Y, al decirle que no entendía, se puso a contarme una historia, una especie de oscura alegoría de nuevo acerca de la nota técnica del 5 de junio de 1942, como si fuera el cuento de nunca acabar, como si estuviéramos condenados a leerla y releerla sin cesar. Allí, empezó, hay un camión gris que cruza la ciudad, es un camión banal, metalizado, que se dirige hacia el pozo de la mina a dos o tres kilómetros de las últimas casas. El conductor y el transportista no se vuelven hacia la ventanilla que permite vigilar el interior del habitáculo. Están cansados, todavía tienen diez transportes que hacer antes del anochecer, diez travesías de la ciudad en condiciones penosas. Más aún cuando en los primeros minutos del transporte tienen que poner el motor a todo gas para cubrir esa especie de gritos y de extrañas sacudidas que llegan a desequilibrar el coche. Afortunadamente, no tarda en volver la calma, y el transporte se efectúa siempre en el tiempo previsto, según lo planificado. Se ven uno, dos, diez camiones que convergen hacia el pozo de la mina. ¿Adónde van esos camiones?, pregunta el niño asomado a la ventana. Van a la mina, hacen su trabajo. Al caer la noche, los vehículos están alineados en el patio del colegio, los conductores se pasan una botella de aguardiente, están exhaustos, felices de haber finalizado una jornada que había empezado, como las demás, demasiado temprano. Los transportistas, por su parte, terminan las cuentas del día y entregan su informe a un oficial contramaestre que les da unas palmadas en el hombro y bromea con cada uno. El oficial piensa que, si el tiempo sigue siendo clemente, sin lluvia que bloquee los camiones, podrá acabar su misión ese fin de semana. Y su superior, el Obersturmbannführer, el que ha formulado la orden a cien kilómetros de allí, se felicitará del avance de las operaciones. Si pregunta a cada uno qué hace, le contestará que todo va según lo previsto, quizá con un poco de retraso respecto a la planificación, le responderá en la lengua muerta, neutra y técnica que lo ha convertido en camionero, en transportista, en Unterführer, en contramaestre, en científico, en director técnico, en Obersturmbannführer. Arie Neumann esbozó una remota sonrisa. ¿Lo entiende mejor ahora? Sacudí negativamente la cabeza. Le dije que estaba harto de todas esas historias de exterminio y de Holocausto, que su recuerdo constante acababa siendo, para mí, de un voyeurismo morboso. Apenas hube pronunciado esta frase, me pareció desplazada, quizá provocadora. ¿Es usted judío?, me preguntó después de un silencio. Me estremecí, me oí responder que mi padre era judío pero que la judeidad se transmitía, al parecer, por las madres. La judeidad por las madres, repitió como si no me creyera y acercó su mano a mi cara, fue un momento muy extraño, durante unos segundos alzó la mano sobre mi cara y la recorrió con los dedos como si tratara de leerla con el tacto. Me sentí profundamente incómodo, tuve que contener un movimiento de rechazo, tanto por el carácter íntimo de ese gesto (casi hierático en mi recuerdo, desprovisto de intención aparente, aparte de la de realizar una especie de lento, minucioso e incrédulo reconocimiento) como por la alusión a la judeidad en que resonaba aún mi propia disimulación. Encendió otro cigarrillo, y vi que temblaba. La historia que me contó entonces arroja otra luz sobre lo que acababa de producirse. La emoción empañaba su voz, mientras me hablaba me miraba con ojos entornados, como si contemplara a otro a través de mí. Tuvo que interrumpirse varias veces. Veo una estación, dijo, veo gente que baja aturdida de los vagones sellados. Entre esos seres de mirada extraviada que titubean por el terraplén, veo un príncipe negro, señorial, junto a una ambulancia con cruz roja que han puesto allí para decorar. El hombre es médico, separa de la multitud a los débiles, los viejos, los enfermos y los aptos para el trabajo. Dice: links, links, rechts, links, son sus únicas palabras. Un niño de doce o trece años al que ha enviado a la izquierda forcejea como un diablo entre los uniformes verdes. Parece sólido, tenaz. El oficial médico duda, está a punto de cambiar de opinión pero se rehace y vocifera: he dicho links, lo dicho dicho está. Por la noche, no consigue dormir, va a la habitación de su hijo, que está durmiendo. Su hijo, lo sabe, se parece al joven diablo judío, es el parecido, descubre, es el parecido con su propio hijo lo que hace un momento lo turbó. Entonces se tumba en la cama de su hijo, lo estrecha entre sus brazos con tanta fuerza que el niño gime de miedo, siente en la espalda el contacto de su padre y tiene ganas de gritar pero no se atreve, finge dormir, su cuerpo, la piel de su cuerpo lee el cuerpo de su padre y lo leerá toda su vida como una sombra animal que lo arrastra en su caída, con esas dos palabritas que resuenan para siempre como una vacilante letanía: links, links, rechts, links... Aplastó su cigarrillo, y creí advertir que lloraba. Sin la menor crispación en el rostro, en la penumbra del café Salzgitter. Tuve la impresión de que estaba lejos de todo, inalcanzable y, sin embargo, tan cerca, infinitamente vulnerable.

Acabé preguntándole por qué me había contado todo eso. Me contestó simplemente: es toda nuestra historia. ¿Qué historia?, insistí, ¿la suya o la mía? Pareció no oírme.

¿Usted también es judío?

Sacudió negativamente la cabeza.

Sin embargo, Arie es un nombre judío.

Arie no es el nombre que me dio mi padre.

Se fue enseguida, tocándome el hombro a modo de saludo. Repasé incansablemente nuestra conversación en mi memoria, y en la confusión de impresiones pensé que él había temido y deseado el encuentro tanto como yo. Traté de recordar el instante en que éste dio un giro y lo situé bastante pronto, en el momento en que se puso a hablar de Jüst y de la música. Luego volví a ver el gesto de su mano sobre mi cara, pensé que quizá había querido romper nuestros aislamientos, forzar brutalmente un paso y desmentir la violencia anónima de las cartas, como queriendo decirme: no deseo, no, ignorarte, destruirte mediante esas cartas, a ti a quien no conozco. Pensé en enemigos que ya no se reconocían como enemigos, en amantes que se reencuentran y se prohíben pronunciar una palabra, en ese sentimiento que me quedaba de ira extinta, de profundo alivio. Estaba aliviado porque el hombre tenía por fin un rostro. Y recordé mi sobrecogimiento cuando la mano de Mathias Jüst me había aferrado, esa angustiosa tenaza súbitamente disipada por el rostro del otro. Pues uno me había llevado hasta el otro, y quizá ambos acababan fundiéndose, pareciéndose, con su elevada estatura, su máscara angulosa, dura, la oscura carga de memoria que llevaban en el fondo de sí mismos y esa identificación insistente de sus miradas.

No volvió al Salzgitter, no volví a verlo. El camarero pudo darme poca información. Venía a escribir allí, me dijo, detrás de la pista de baile, se tomaba varias cervezas, no hablaba con nadie, lo veían varias tardes seguidas, y luego desaparecía durante períodos bastante largos. Debía de ser músico, ya que a veces pedía que colocaran en la ventana un programa de concierto. Y el joven me enseñó un cartel descolorido que anunciaba para el 8 de abril el concierto de un conjunto de cuerda. Tomé nota del dato y no hice más.

El 24 de marzo, Karl Rose me llamó a su despacho en cuanto llegué a la oficina. Tenía la expresión de los días graves, me dijo que lamentaba tener que tomar una medida penosa y me tendió la carta de despido. Ningún motivo apoyaba la decisión, la única indicación que consintió en darme fue la siguiente: algunos de sus colegas habrán observado cierto número de fallos poco compatibles con el ejercicio de su profesión. No precisó más. La conversación se desvió rápidamente hacia los trámites de despido, que no quería que realizara. Cuando salí, me lanzó un glacial: suerte. Tenía una hora para reunir en una bolsa de plástico mis efectos personales, devolver la llave de mi despacho e irme. Por la ventana una secretaria me hizo señas de lejos, tenía un pañuelo en la mano, creo que lloraba. Yo también tenía ganas de llorar, de humillación sin duda, de tristeza un poco, la tristeza de las pequeñas muertes. Caía una nieve de marzo, unos cuantos copos blandos, volátiles, como ese día de noviembre en que Rose me había convocado. Enmarcado por esos dos paréntesis nevados, ese invierno tocaba a su fin, un invierno maldito de nieblas y aguaceros. Di un lago paseo por la ciudad antes de volver a casa. En mi piso, todo me parecía extrañamente silencioso, coloqué mis cosas en su sitio (notas manuscritas, libros profesionales), abrí por irrisión una botella de champán que bebí hasta emborracharme.

El concierto del 8 de abril tenía lugar en una antigua iglesia barroca, desprovista de sus insignias religiosas, con la estructura y las paredes desnudas. El público era disperso, y la nave gélida a pesar de las estufas de gas. Al principio del programa, tocaban *Fratres* de Arvo Pärt. El compositor estonio, dijeron, había sido inspirado por la visión de una procesión de monjes caminando sin fin a la vacilante luz de las velas. Afirmaba trabajar con pocos elementos, una o dos voces, tres notas tensas, incansablemente moduladas. Cuando los músicos subieron al pedestal que servía de escenario, volví a ver exactamente la escena de mi sueño. Arie Neumann era el último, llevaba el violín con la punta de los dedos. Cuando los demás estuvieron sentados, él permaneció en pie un momento, con la mirada fija en mi dirección. Ese instante fue para mí el de una designación callada y sobrecogedora. Y cuando, sobre fondo de bordón continuo, las primeras notas alzaron el vuelo, vi lo que no había podido ver, lo que no había querido ver, las imágenes de repente demasiado nítidas de la apertura de la puerta metálica al retirar la tranca, la masa negra de los cuerpos, el montón de cadáveres lacios, enmarañados, **Ladung, Ladegut,** bajo la bombilla enrejada y amarillenta, deslizándose con la lenta inclinación del suelo, dejando aparecer aquí una mano, allí una pierna, allá un rostro aplastado, una boca torcida, sanguinolenta, dedos agarrándose crispados al tejido de una prenda interior pringosa, sucia de orina, de vómitos, de sangre, de sudor, de babas, **Flüssigkeit,** y el conjunto de esos cuerpos, **Stücke,** rodando fláccidos unos encima de otros, desplazando el peso de la masa hacia la fosa, todos esos cadáveres, sueltos pero mezclados, confundidos todavía, uno estirado como una muñeca de trapo, otro que se diría agitado por gestos convulsivos, cada uno desprendiéndose de la masa con el desplazamiento del peso, **Gewichtsverlagerung**, cada uno deshaciéndose poco a poco de la opresión humana de asfixia, tal máscara gesticulante, tal rostro azulado, estuporoso, y bajo el **dicker Schmutz**, la mierda, esos pequeños seres entre las piernas de las mujeres, de los viejos esqueléticos, esas niñas de ojos hundidos, esos niños desnudos cubiertos de cardenales, todas esas criaturas, **Stücke**, que tenían nombre, **Stücke**, en una lengua entregada más que cualquier otra a la pasión sacra de los nombres, de las palabras y las ceremonias, **Stücke**, Moisés, Moshe, Amos, Hannah, Shemel, Shemuel, **Stücke**, mi madre, mi amor, **Stücke**, Misha, Maika, Magdalena, **Stücke, Stücke, Stücke**, cada uno de esos cuerpos emergiendo poco a poco de la masa terrosa para caer uno tras otros, por pares, por paquetes, en el agujero oscuro de la mina, **Dunkel**, el mar de cuerpos enterrados, engullidos, de donde se alzan gritos y clamores, nueve violines en discordia, tres notas estridentes. *Fratres*. A negro.

No tengo más recuerdos relativos a esta historia. Sé que un día Lucy Jüst dejó un mensaje en mi contestador, pero no respondí. Varios meses después de mi despido, obtuve un empleo en un establecimiento para niños autistas, donde todavía trabajo. Es un trabajo incómodo y mal pagado, pero no tengo ganas de dejarlo. Hay una belleza salvaje en esos niños que han dejado de hablar con los hombres. Pero no es eso lo que me retiene. Quizá sea su mirada, lo ven todo, no se les pasa ni uno de nuestros trucos, ni una de nuestras habilidades, de nuestras debilidades. Uno de ellos se llama Simon como yo. Cuando lo invade la angustia, se golpea la cabeza contra la pared hasta sangrar. Entonces hay que aproximarse a él con suavidad, invitarlo a calmarse abrazándolo sin romper la escasa corteza psíquica que le queda. De ese combate incierto, esa lucha constantemente renovada contra las sombras es de lo que he aprendido, mucho más que en todos los años de brillante carrera en la SC Farb. A veces creo que es mi acto de resistencia íntima a Tiergarten 4. Y creo que me gusta estar en los márgenes del mundo.

Agradezco a la Fundación Auschwitz, de Bruselas, y a Marie-Christine Terlinden la impagable ayuda que me prestaron a la hora de traducir la nota técnica del 5 de junio de 1942. Doy las gracias también a Pascale Tison y a Bernadette Sacré por los ingredientes "azarosos" que pusieron en mi camino mientras trabajaba en este texto.

Otros títulos publicados

Escepticismo y fe animal
GEORGE SANTAYANA

Charlas sobre educación
ALAIN

Antología
JUAN L. ORTIZ

La escuela nueva pública
LORENZO LUZURIAGA

Curso de lingüística general
FERDINAND DE SAUSSURE

Este libro se terminó de imprimir
el día 2 de septiembre de 2002
en los talleres de Gráficas Caro,
de Madrid.